U0559422

过往不全是历史

古冈

上海文化出版社

【辑一】

晨光照不见

【辑二】

弄堂到外滩

【辑三】

落日对晨曦

古冈

【辑一】

晨光照不见

入春

入春的巴士开进晨光,
轮椅不推人,载物。

老邻居退休了
拐到家得利超市,回头
过了我们弄内打羽毛球的年龄。

他不想,但明白
拗不过浮肿跟跄
满世界找回的牙齿。

却迟到了,
被工作伦理的上级,
被人形的工资单掐点。

换了手机壳,脸上的
老人斑日复一日加深,
小黄车共享轮子,我们飞转。

2021.03.15

徐光启

他知晓中西的玄机，
踏入韶州城西教堂
得失另说。他聪明，
自己受洗再拉别人：
手臂不够，借用
几何画符；再不够，
买洋炮助阵，火药
上天过节，他护卫
大地的残缺。野草
充饥，农书喂饱众生。
南京教案走完钢丝，
把自己植入中心城区，
过往俯瞰融合的虚招。

2022.01.07

大境阁

脱单的楼阁望向浊水。

五元钱门票，明朝人
今人同登修复的步道，
倭寇的壳浮在护城河。

反清的激情拉倒了城墙。

奔往西方的缺口，刘丽川一路
被砍下几个首级。我们步后尘
沿越界筑的路，止于消费的国。

2021.03.23

侯家浜

他们想把老城搬走，
我们填埋河浜，买黄沙水泥。
晚清穿不透，市政
埋设水管，悬置了路名。

他们一群人
躲在镜头左侧迷惑。
怎么能僭越一小步：
让揉碎的清光如旧。

我们踏上来，干枯的
河道冒出冷气。他们
看不到我们，侯家浜
填平了的路上，绕道远行。

2022.02.21

沈家木桥宅

旧年代像异域，
脱形后河道漫上。
我们不再生长，
寸草不留自家田。

木桥腐烂了，
沈家的血脉流散。
小河沟断流，
成熟便是通衢。

越界意味
通关，炮管横亘
弱民的善意，
买卖不做，人情在。

2021.05.06

李家庄

历史过黄梅天，谁都厌倦。
气候不能决定脑袋，课本
留下发霉的汗渍，都信服
西洋的重建，只看眼前得失。

史学家成了地主，篡夺
祖传的田契。工部局在每张
基因的脸庞放哨。洋买办自喻
进步的代言人，乃西域的余光。

我们只要走一走，看动迁费
和洋楼的估值。效益管辖了
不得不弓背的村落，滩地长出
外廊式建筑，吴淞口停满鸦片趸船。

晚清的肌理埋入炮台，
爷爷和我在此地生计。
小时的逆光照，到此一游的
游客一样，空入申江的烟尘。

2023.06.19

十六铺

十六铺的栈桥和凌乱
转眼成了景观平台
铸铁的拴船柱，高大
空茫。背大包的
码头工人后裔，再也没法
顺绳索爬上去，哪怕柱子
朝向白云朵朵的蓝天。

我们一行走向
玻璃房的过去。
看上去坚硬而昂贵，
后现代的设计
简约了汗水和巡洋舰。
松弛筋骨的消费
抽空原住民的底座。

涂了防晒霜的
文化之旅，不过找一个
网红打卡点，让事实
远离沙船和流民，他们
闯过山东和关东。
老城厢的供水如供血，
我们围在钢化的精致里脱壳。

2021.03.29

消失了的工人垂落在锚上

昨日在，今宵酒醒。
弄堂水门汀积灰，
烧过和摆过的
正好是一圈不规则。

发自肺腑建国，
挡车工不计奖金。
她儿子翻出我家
窗子，站在瓦片远望。

注水的回力鞋
爬上沙船桅杆。
信号灯在洋泾浜
出口，折断了航程。

一天，船没能回港，
他们打包、流汗，
他们踏板入江河，
他们的锚，垂落上海浦。

2021.06.08

会馆遗址

光照中，侧影拉长，
我们有的，凝固的脱形。

十六铺的愁，离乡的
往来的洋行街。

环绕声，地方志，断续卷走，
旧城铲平会馆，路牌呢？

他们成交的大烟，
土行买卖的焚毁。

2023.05.29

外白渡桥以南

19 世纪滩涂还在
讨好人性的商业瘀块。
原址叠加鸦片，
利润无穷尽像市场加码。

自由和围堵
迷障和进步观，
如白鸽飞出外滩，
地缘的险恶尽收眼底。

近现代的舰只
涣散成沙盘模型。
我们在退伍的航道
找一个村落的搁浅点。

2021.03.22

过 往 不 全 是 历 史

路过武康大楼

"善钟路起点，
海格路路口，叮咚
慢悠悠坐到底。一路
福开森路走下去，大楼
近郊无名的小路在那儿。

我们一直走，到了
埋奶奶的虹桥公墓。"

父亲如是说。路名
膏药没涂上，西区
菜地还没长出高楼。

幻觉的白内障：
我们全体
原地不老，

父亲九十岁
壳子里躲着
小男孩的眼睛。

看什么都像
流光在肆意闯红灯。
网红打卡僭越了史料，
建筑沉浸式笼络达贵。

2023.07.15

新乐路周边

三兄弟结盟，公司
用鸦片抚慰众生。
巡捕房也来分一杯羹，
鼓囊囊回到马赛港口。

外墙商业地刷新，
镂空的窗户护栏
漏掉了什么，让建筑
成为时尚服饰的打卡点。

早晚我都望一眼变迁。
四十年前，我忐忑地
在对过等爷爷，他衰老
倔强的身躯和楼房擦肩。

国事和家事远去，
菜篮子工程撑不住
衣架子。我们内里
怀揣着伤逝，周边莫测。

2024.11.11

过往不全是历史

洋买办

轮番赚钱和卖家当，
他来不及止损。

碎玻璃一地，
钱也在播撒。

生意人阴沟里成亲，
看不起内脏的法条。

风帆战列舰为烟土续航，
文明徐徐地泛滥。

启蒙强加给原住民，
向右平移了四明公所。

有轨电车和独轮车并驾，
他们租地，似乎成就了古今。

2021.03.17

大王旗

天晴了，工业的街道揽走万物，
我们数不胜数，家庭从戏法里
长出了宗法的骨头。他们托付
宏大的地域种植和繁衍，个体
和浇灌的自由干裂了一片良田。

他们把阡陌铺在柏油路上，
他们填没泥潭纵横成街巷。
我看到迁徙的人群像马蜂窝，
祖先的沃土上编织贸易的地基，
大江大河的交通堵塞为铁皮细流。

城里的人只管低头上学谋职，
西洋人在周边围堵绞杀。尘暴
遮蔽郊野的驿站，小刀会始终
绕着城墙撑大旗，吊篮里哆嗦
一个羞辱的旧帝国，翌日循环东升。

2024.12.20

民国的云

下一站南京西路，
昔日静安寺路，无人
知晓的路牌重现。

旗袍站阳台，叮当
电车声剔除耳膜，
楼底下拼凑时尚。

一波，又一波淑女
压住大上海的阵脚。
那时，退居的云飘飘然。

2021.07.13

晨光照不见

城壕填没，留下环形马路，
11 路没完没了绕圈子。
老西门到了，报站声
灌输的耳朵已然闭塞，
他们拒绝过往的烟云。

本能地觉得自己例外，
想不到没了眼睛的眼眶，
就像没了躯壳的驻留地。
亡灵们打卡，常人
视而不见，注射了膨胀剂。

无形的手，
让人留意民间涨跌。
我们腾出空来拱走同僚，
订单的多少好像应许了
公认的进步观，我们哑然。

撕裂了的升级淌血，
985 大学对标写字楼。
我们自欺欺人地搅拌
洗脑的路标，其实定点
消消气而已，晨光照不见。

2024.01.12

过往不全是历史

我们迈开商业的步伐

复刻的人形吹口气，
空道上全是小时候
弥漫的警觉，不适
和回程的逃逸冲动。

不想暴露五官沮丧，
两人高的时装模特
俯视盗版的行人道，
她在荧光屏，路人

分担资本的内驱力；
你要促生产，商机
才能凌驾，折扣价
方可联席，你和我

碾碎在寒冷的冬夜，
残阳落到了屋瓦上。

2024.01.03

帝国的边角料

我在每天的马桶上
思考人生，美德的晨曦
照亮书本，它是启蒙的
便秘而已。帝国当然
有人性的边料，罂粟
还有美的自然，他们割了
直肠，妄想蠕动成脑细胞。

域外便是车外，一群
工蜂景观里的幻象。
我去普陀区打捞失忆的
公共租界前身，大规模拓展
一代代买办，美好的前程
交付给簿记。偏袒和焚火
搅乱了英人的属地和巡捕。

英吉利一拳头
捶打英人自己，日不落的甲板
植入到租地的乾坤。文人出卖
猎奇的辞藻，回过头装扮一身
正义感。你们的军舰只是路过
湿润的浦江吗？开埠滩头想搬
好几个伦敦，淤积爷爷的疤痕。

2024.03.19

过 往 不 全 是 历 史

理不在声高

说理不在此地，无言的驳斥
打量着你。储蓄罐塞满叮当
作响的五分硬币，它在响声
尚未褪去前，擅自转了一圈。

你说商机，我点穿你舶来品，
新大陆开启了贸易的易拉罐。
开着军舰两次播种，把普世
打包成一本万利的休闲垂钓。

异地执法，地表欺骗了眼睛，
史学变换双重魔镜，理论上
提高了嗓门的搅混，看上去
思辨身体的阴阳，理即非礼。

2023.09.07

我们的基因对接思想史

南京西路叠在静安寺路，
和尚一代代，光景似流云。
但天际清澈，无云，
我们躲进写字楼做梦，建设。

说到底，我们也是无涯的，
掐头去尾不过如此，准时地回眸。
对峙撕裂对峙本身，它不解人意，
暗流回望，我们从小时候站到大。

概念暴晒了痛楚，我们识字，
成人到旷野觅食，我们的基因
对接思想史，我们的责任和德性
像过桥一样，两头缝合大地。

2021.12.06

弄堂到外滩

望不到

空中是过去的云，
一趟趟出门，弄堂
右拐第一家，久已
没了踪影的煤球店。

圆形煤球当中
好多个圆孔。绕小屋
地面到墙壁全是
黑漆漆的迭起和潮湿。

我上学，爷爷四十年前
叫我的声音在那，晃过
僻静的小街，再过去是
大饼油条摊和望不到的。

2021.03.08

穿过静安寺

雨过掀翻了记忆：
裁缝店娃娃瞪我，
我不是闯进来
看西洋镜，
是爷爷给我
量身定做丝棉袄。
我走出了那时、现在，
我在等车，五十年
缝起的边角料，粉笔
勒出的线。下起了小雨。
红白相间的街灯
孤零零洒在静安寺
原先的外国坟地。
涌泉村村民
散落于清末
同样的雨天稀疏的村落。
我坐在 94 路没动，
穿堂入室，天外放晴。

2021·03·16

绕不回去的桥

车子开过来，我
迈了上去，中门
合拢。是我的腿
延伸的鞋，踩上
踏板。是羽绒服
裹住年华，灰飞
烟灭，坐在座位。
不锈钢把手横在
眼前，充斥车厢
内外上班的晦暗。
不会到的终点站
沿途也泯灭不了
湿漉闪烁的尾灯。
车窗外划过楼影，
驶上了武宁路桥。

2021.02.26

弄堂到外滩

有人走过三弄弄道，
我小时候就有，戴黑框眼镜
低头行进的邻居，好似犯了错误
大半生改不过来。到了现在，
今天早上，窗台晃过的身影
迈出我的体内，叠住和凝停。

我看到他羞怯，不自信，
街头上方的云只是装饰，
他屏住气完成本月定额。
数百年前疏浚的浦江
在他眼里打弯，前女友
打着丢失的伞，合围到江心。

一排鸽子掠过北郊，
霸气的巡洋舰捎来提神的垃圾，
滋养一批高楼和买办。他们从
我们小区和租借的石库门出发，
劳尔登路到卜内门大楼，他们
踩着日不落的夕阳而归，回头是岸。

2024.03.14

过往不全是历史

刮风了

我瘫倒在地，平躺，一维的
偷笑你们看不到。碾压吧，
你们的私家车有些私有制的傲慢。

万千的眼睛圆睁着从人行道
不均匀地落难街心。我不能刹车，
既然我们首尾相连，推进城市化进程。

雨后的蓝天更虚无，
我们同学一场，倾轧的学业
和社会比比呢，天冷落叶遍地。

2023.11.10

入秋

冷了多穿衣，史上
最长的夏天，外地
本地人一道过。西洋
铲进了破损的界碑。

变局成惬意的
观景台，每月
八号领退休金。

航模店胶水味
诱人地飞翔。那夜里头
不闻不问，爷爷领着我
建模，处事，粘稠万物。

2021.10.21

到一个去不了的地方

模范村前的夏天，
屋瓦冒着暑气。
冷和热像对面的熟人，
各自放大后刺痛肌肤。

没人外在于城道，
肉身彼此对弈，
想跳出棋盘街的，
灰淡留在了浊世。

我们清醒出入，
之后的预制板仿造
钢筋的尘世，本来
晚到的，赶不上这列班车。

桥当中挤满钢材外壳，
橡皮轳辘拖带他们。
谁都知道去处，下匝道
布满小时候，去不了的地方。

2024.01.24

好个秋

立秋在倒车，清洁工
擤鼻涕，横扫优雅的中产。

下一站还远，八月
盛夏的女孩从没说上话。

有更久的泥路接续，
空调降噪，上班的下地铁。

双手贴裤缝，活到老
活到老。万花筒闪耀。

轻轻地，志摩的
气韵断了壁，婚屋钉铜牌。

我的嗓子眼发痒，算盘珠
噼啪，生涩的年华像废弃。

2023.08.08

他们全都在

房屋外侧高楼遮掩,
晨线像奶奶的纺织。

能眺望到那时该多好,
手捏豆制品票,食物清香。

童年化为 18 块学徒,
枉费的羽毛球,被打坏的塑料边。

人人都在,向着盛夏乘凉,
冰镇酸梅汤透彻肺腑。

购物还没席卷胃口,
清苦的甜蜜,因为他们都在。

爷爷顺着辛氏的感慨,嘲弄
我们共同的愁滋味,旭日东升。

2023.11.17

恶少

等动迁的一排，有网红店
和小学同学老房子，他们
模型一样搭建了我的小时候。

我看见恶少掏空我的零花钱，
他肥胖的老年好几年没上街，
他下岗后长得比我矮，
他无赖奸笑的嘴脸
变得虚胖，曾横扫的街头
反过来把他踩成无业游民。

转型过了路口，我想起
耻辱和荣誉的孪生，鸟飞绝。

2024.04.29

那时亮着灯

那时抒情也动情，
万物在窗口摇曳。
含泪不会往回，
箭头射出，读罢小学。

罗宋汤和寂寥同在，
我斜背绿书包。
纷争和标语飒爽英姿，
我以为不会脱壳像蛹。

我洁净地回走，
美育了商场，玻璃墙
冷冷地反光。鱼儿
离不开水，我们的吃住皆然。

2023.08.24

拐弯，再拐弯

拐弯，天地不是路，
惶惶然，无止尽地刹车。

常德路盘踞的电车场呢，
时尚女在对岸偷听，她的楼尚在。

洋人的墓更早，静安寺路通往
郊外沸井，压在胸口打太极。

爷爷的老土地，一世
多少喟叹，都付一踩的油门中。

你得走多远，晚清才撤回玩偶，
下一场的世俗，揉进了眼睛。

下一站武宁新村。过桥了，
南北的桥墩，我们每天上下。

2023.03.09

晨曦有多远

顺流而下，我是鱼，
脑壳像水，浮了上来。
我在街心，高中飘逝，
其实躲避，情绪流的贯穿。

一早，颈椎躺在
我躯体上做窝，皮囊
小心地防止外泄，肝脏
被血肉相连，眼望冰街。

我小时候，大人变远，
乱想一通，排水管回流。
下一站武宁路，两个二十载
迎着桥头，冒烟的钢厂依稀在。

2024.01.23

闲杂的光景悠悠然

小饭店靠淮海路
那个方向，卖馅饼。

晨光排队，混合
三十年老酒和闲杂。

路面在身后合拢，
的确良换穿全棉。

忽而过了爱玲
张望的阳台，散光。

找零找不完，
膨胀儒家的面罩。

他们回到华山路，
冷清的路灯，风吹一晚。

2021.08.25

心颤

我知道我的破土
运载工业的交通。
阴雨遮蔽心颤，
骨头排成了星群。

人间倒映街边，
水潭混浊了名牌包。
我们患上了
价格飙升的强迫症。

历史的单眼皮
不眨，置换不了
西洋的文明，他们筑路
用有轨电车铺展民俗。

公共租界租心、租肺，
大清变着戏法没了。
百乐门在那儿，
邂逅的舞姿雪花飘。

2021.03.01

游客

怠慢的街景
比傲慢弱,
清军炮台遗址
钝化成风景源。

在英领馆原址,
他们被战列舰
压在射程内尖叫。

他们后撤摆出阵势,
英人不追不杀,
翻入县城城墙
卷走赔偿款。假绅士
驻扎豫园洗澡,文明
在游客间游荡和驯服。

2023.04.23

落日对晨曦

早晨，只管朝前

只管朝前跑的，风总在后头
不会眷顾。哪怕旅游鞋交替，
你我穿着走天涯，大巴车的
运力提升了景区门票和肌肉。

出世的走不到底，棉纺织品
裹不住赘肉。工厂变成锈带，
转换的美看似钢筋，免门票
和促生产的标语，流光尚在。

2023.08.21

天高，生活辽远

30 层的居高，万国
建筑群，对峙岸边
全球化的霓虹灯，
俯瞰着不着边际。

钢筋撑开的生活
像仿真的舞台。
第二天掐着上班铃声
摆放后现代的道具。

苏州河堤岸布满
通宵的射灯和保安。
油然的本地前史
轻佻地铸就了栏杆。

2021.03.12

盛大的夏日太短

羽毛球在外滩飞，
二十年，之前我在
同事们午休的档期。
两百年，英军炮管
射出的现代化辖区，
他们铺成于城北工部局
灌浆的土地章程。

22 路过桥便是
遥远之地。打发光景的
烫卷发，败走麦城。
八十年代嵌入情人墙
挽着月色空疏。
记得吗，如今退休的
小区只剩夜猫探头。

不知谁带我去的，
裸露的夏日盛大而
躁郁。还得 8 点半准时
打卡，卡夫卡生涯
打造成城厢的景致。
江水倒映，吊带
牵走滴滴打车，顶灯在闪。

2021.06.22

启蒙的月亮

八十年代，我是拿来的启蒙，
偏执得厉害。恨不得用血液
浸染普世，以为人性深处
驻扎不变的温情，像真赝品。

而上班只是应付，
创建八小时外的月亮：
一夫一妻亘古不变，
多妻多妾违背常理。

公司成为全球化的大气，
你能不在池子游泳，
错觉载人的水。浮一世，
我们都是观念的蛆，但有正反。

理想成了虚无的遮羞布，
大堂里我们不就是书蠹。

玩弄利齿的快感，书和温饱
兼得，清高坐享全部红利。

2021.12.10

塌陷

宝山线坐到底，海就在眼前，
游人涌入，国际帆船赛像集市。

纳博科夫的海参崴游轮
像是刚开出去，背后响起了机枪声。

安静的炮台无关痛痒地
吓唬英吉利的坚船利炮。

姑娘截取美景，现实现地，
我们坐电动游览车，穿插团建的硝烟。

园内的规则：闯入禁区者
自动锁屏，迁回脱胎于地形。

躲到草坪帐篷，哪管出海口污泥
每时都在塌陷沉没的青春和小镇。

2023.05.15

我们的生活团结紧张

天晴的时候，光线
晨曦般透亮。好像
一整天都会很顺，
气象万千地忘了别的。

遛狗的老人牵着两条，
垃圾箱写着可回收物。
往年的废纸称斤变卖，
我们严肃认真也无妨。

有时，十字路口在转，
我们的车轮和座位不动。
就像地表和步履一致，
不会惶恐秩序的红灯。

2024.08.19

过往不全是历史

球落何处

弄堂的深处人走光了，
我出门，你在弄口健步。
点点头，飞过五十年
停在半空的羽毛球。
你想用手去撩，好像
事先知道它的落点。
围墙另一边，单位轮转，
碎玻璃吞噬我们的
绒毛和稚嫩的飞翔。

如今我俩平视，
眼袋松弛像难以回避的耻辱。
老并不可怕，但我们起飞的
逻辑链断了。我们的子孙
隔夜不回，家无非贸易的
第一桶金，问题是货币量
大于传统。我们不是
逆全球化的宠儿，起码合上
家门之前，球还停在那儿。

2023.02.17

八十年代，外滩长堤

百年前的围剿，
战列舰虎视帆船。
鸦片飞进黄浦江，
却道是自由之躯。

堤岸望月，
白天羽毛球拉开年龄。
书店财务科
挽起的袖套没脱，
午休笑靥退了休。

浑然不觉的租界
拆迁了殖民幻觉。
爷爷在，看到
日不落的同事
沮丧地蹲牢房。

洋行的楼层高，
钢筋混凝土
堆砌民心，工资加提成。
洋人造就国际法，
不在乎自欺和欺人。

我是会计，核算
血统和历年负资产。
群居的骨骼退化成
炮台硝烟和隔江相望。

2021.03.24

落日对晨曦

蓝黄色共享单车，
挤在晨道发呆。
我们消失于弯道那头，
四十年落座的科室，
熟悉的人名对不上号，
脸在错位，彼此分一杯羹。

我的思绪落到立交，
水泥武装了城道。
静安寺路层叠，
马车和有轨电车并进。
永续的租地，园林圈养
游历的雅兴，大清最终未续。

我自东风吹拂，
儒雅结痂。我的
怅然掩不住绝境。
惯性的纽带推到江边，
夜晚的风摆渡，纯属偶然
我们唱起歌，天苍苍而寂然。

2023.05.08

谁还在昏睡

地铁下的阴影，
它掩盖了白昼。

都是点亮的
自然，物质堆满橱窗。

他们雨夜生下来，
迂回的站台，我们向何方。

凉席被空调取代，
你只管美和舒适。

浦江传染钟声，
家人拘泥木质地板。

卸下身上的房子，
不眠的幽光里，小鸟惊醒。

2024.06.20

郊外的鳞片长满身

幻觉的郊野,
长途车吞吐,老年人
投掷硬币,送走了下一站。
窗外的张家浜,卷走
多片拆迁户,商楼闭关。

我不是游客,寒酸的炮台,
坍塌的老镇,谁晓得捕鱼人
蹚水而过,县志忽略边陲。

城北临海,夷人多有冒犯,
成建制的沧海桑田,
弹指三十年。黑眼圈
放弃领地眺望,橱窗
待发,未决的晚霞人工通明。

2023.05.17

总有人在低气压出发

我总是漫出边沿，等车入海。
共享单车扫不出来，蜻蜓点水，
绕进层叠老街，过往时的心慌。

醒来艾咪呕吐，
叫声划破窗帘。

晨曦探了探头，
我看到三辆客车，
摆不平的方块面包
被售尽。红头盔瓦工
埋伏在人行道，他们
总在我们调休时出没。

2023.07.24

夜深，回不去的坎

夜是来宵禁的，
拙劣的街路，
狗屎和呕吐物到处是。
垃圾工朝推车
扔乒乓响的瓶罐，
城里的青春乱逛。

衡山路降至十六岁，
乱舞的迪斯科让未成年
拼凑自由和鬼魅，吧台
不开票，私吞了他们的学费。

榨取和印钞合唱，
孩子的天真在分泌，窒结。

网红街粉饰业绩，
我检举赚钱的无耻，
白天，叛逆的孩子染黄发。

2021.07.15

让美统治日常的碎片

每天，我们在徐徐驱动中
从终点站发车，有时光线逼人，
让美统治日常的碎片，
瞬间，免除了尘世的服役。

我们咀嚼外来的经文，
排斥的神经西学为用。
手势凭空比划，百年
学徒期挑食，换来过期的购物券。

在娘胎的滑梯我们偷渡，
到头来还不是城市的上空放烟火。
四十年前，我们聚在外滩写字楼，
困顿而不解风情，倦怠的钟声满天飘。

2023.11.14

老旧的发式更可靠

浑身的知识，吐了成瘾，
我们都是养育的观点。
八十年代留洋，以为供给
国人千秋的发财梦。

法式内卷如同糕点，
腻味的风雅装扮激进。
你不也是被成本
锁在家中，核算学位得失。

我更甚，但醒着穿戴，
我不怕混搭，找基本的人性底色。
气候异常，法租界横在
订单后头，警觉中立的合同。

我们一代行将庸长，
错觉中西合璧的调色板。
脸色好多了，可傲慢的
友谊，政治般源远流淌。

2021.11.29

拥堵的街头非昨日

天生的邪气
取法于街边。杨浦区
小混混揣着弹簧刀
扫平静安区，我到了街心。

这一天，语言黑瘫，
左脸望不尽，我从
旧路走出了租界史，
在那儿坐班，打卡。

长长的堵车流，
鼻涕虫粘附了学徒期。
外滩八百多亩飞地，清军
撤至泗泾。后人看愿景。

2023.12.06

全球化假肢

他用钢铁支架撑住思维，
感觉器官不可避免
瘫了半面视野。长知识的
另一半长毛，滞后三十年。

昏花的蛰居里，他们都
直挺挺修身，世事滞后。
烟火在浦东另起炉灶，
哪怕吃素，荤腥味照旧传遍楼宇。

多年后，他挤进门槛，
一晃就是老旧，带现实的
架子。眼盲一般的跳蚤
嗅到全球通道，遍及残缺的他乡。

2024.05.28

过往不全是历史

知了树上在叫，
清脆回到过往
鱼尾纹泛起之前。
之后呢，颓唐
不再明媚，起床后都老。

光启用工程开道，
在蛮荒打通今日。

等我们长成祈祷的模样，
兑三道四的骨裂，黏结剂
无非儒家的三合板。海纳百川
波浪闯入的大不列颠，炮舰
和法式大餐。我们醒得太晚，都是踪迹。

2023.07.19

古冈

诗人、文学编辑，华东师范大学出版社"六点诗丛"主理人。祖居上海，著有：

【诗集】
《正在写作的一只手的正反面曝光》
《朝圣者》
《古冈短诗选》
《尘世的重负 —— 1987 — 2011 诗选》
《职员的晨曦》

【非虚构著作】
《梧桐旧影：上海爷叔的故事》

获"诗东西 -DJS"诗集奖、首届上海国际诗歌节诗歌创作大赛奖和北京文艺网国际华文诗歌奖。

人间随读·第Ⅰ间——生活的纬度（全五册）

图书在版编目（CIP）数据

　　人间随读. 第I间，生活的纬度 / 辛德勇等著.

上海 : 上海文化出版社，2025. 8. -- ISBN 978-7-5535-
3254-7

　　Ⅰ. I217.1

　　中国国家版本馆 CIP 数据核字第 2025U948V6 号